GL'ISTI

I libri che pungo

6

Roald Dahl era altissimo, quasi un gigante: i suoi genitori infatti venivano dalla Norvegia, la patria dei giganti e degli gnomi. Nato nel Galles, passò infanzia e giovinezza in un college inglese, come ci ha raccontato nell'autobiografia *Boy*, e a diciotto anni andò in Africa a lavorare per una compagnia petrolifera. Durante la seconda guerra mondiale fu pilota della RAF. Ai suoi quattro figli ha raccontato le storie che poi ha scritto. Il suo primo libro parlava dell'incontro con i Gremlins, folletti dispettosi. Naturalmente ha poi conosciuto anche molti giganti, tra i quali preferiva il Grande Gigante Gentile, di cui racconta la storia nel *GGG*. Che avesse una profonda conoscenza delle streghe lo si capisce leggendo un altro libro di questa collana, *Le Streghe*, appunto; mentre un tipo particolare di strega crudele è, in *Matilde*, la direttrice dell'Istituto «Aiuto!», la signorina Spezzindue. E anche gli Sporcelli non dovevano essergli ignoti... Che dire poi dei bambini ghiotti, viziati e teledipendenti che si smarriscono nella *Fabbrica di cioccolato*, il cui seguito, *Il grande ascensore di cristallo*, ci fa conoscere i temibili Cnidi Vermicolosi, che popolano lo spazio, e uomini politici ancor più temibili. Ma la scatenata fantasia di Dahl non ci ha regalato solo individui perfidi e disgustosi: in *Danny il campione del mondo* s'incontrano anche simpatici scapestrati come Danny e il suo meraviglioso papà.

Collana diretta da Donatella Ziliotto

Titolo dell'originale inglese
THE TWITS
Traduzione di Paola Forti

ISBN 88-7782-025-X

Visita *www.InfiniteStorie.it*
il grande portale del romanzo

www.roalddahl.com

Prima edizione: marzo 1988
Decima ristampa: ottobre 1994
Ventesima ristampa: febbraio 2000
Ventiquattresima ristampa: febbraio 2003
Venticinquesima ristampa: marzo 2004
Ventiseiesima ristampa: agosto 2005

dal 1862
Milano, Via Gherardini 10
www.salani.it .

SALANI GL'ISTRICI

Roald Dahl

GLI SPORCELLI

Illustrazioni di Quentin Blake

Per Emma

I Pelinfaccia

Quanti uomini con la faccia pelosa ci sono in giro al giorno d'oggi!

Quando un uomo si fa crescere i peli su tutto il viso, non si riesce più a capire che aspetto abbia in realtà.

Forse lo fa proprio per questo: preferisce che nessuno lo sappia.

Poi c'è il problema del lavarsi.

Quando i Pelinfaccia si lavano il viso, devono fare una gran fatica: proprio come noi quando ci laviamo i capelli.

Perciò, ecco quello che vorrei sapere. Ogni quanto si lavano il viso, tutti questi

Pelinfaccia? Soltanto una volta alla settimana, come noi i capelli la domenica sera? Si lavano con lo shampoo? Usano il phon? Si massaggiano con una lozione per capelli per non diventare calvi in faccia? Vanno dal barbiere per farsi tagliare e sfoltire quelle loro barbe pelose, o lo fanno da soli, davanti allo specchio del bagno, con le forbicine da unghie?

Mistero. Ma la prossima volta che vedrete un Pelinfaccia (il che molto probabilmente vi capiterà non appena metterete il naso fuori di casa), forse lo guarderete più attentamente e comincerete a meditarci su.

Il signor Sporcelli

Il signor Sporcelli era un Pelinfaccia. Aveva tutto il viso ricoperto di folti peli, a eccezione della fronte, degli occhi e del naso. Grossi ciuffi di peli gli spuntavano persino dalle narici e dai buchi delle orecchie.

Il signor Sporcelli era convinto che tutto questo pelame lo facesse apparire molto saggio e importante. Ma, a dire la verità, non era né l'uno né l'altro. Il signor Sporcelli era uno sporcello nato. E adesso, a sessant'anni, lo era più che mai.

I peli sulla faccia del signor Sporcelli non crescevano lisci e ordinati come quelli di quasi tutti gli altri Pelinfaccia. Gli crescevano invece a spunzoni che stavano ritti come le setole di uno spazzolino da unghie.

E ogni quanto se la lavava, il signor Sporcelli, questa sua faccia ispida e irsuta?

La risposta è M A I, neanche la domenica.

Non se l'era lavata da anni.

Barbe sporche

Come sapete, una normale faccia senza peli come la vostra o come la mia diventa solo un po' sporca qua e là se non la si lava abbastanza spesso, e non è poi così terribile.

Ma un viso peloso è un'altra cosa. Tutto si appiccica ai peli, specialmente il cibo. La roba come il ragù s'infiltra fra i peli e ci rimane. Voi e io possiamo pulire la nostra faccia bella liscia con una salvietta e riprendiamo subito un aspetto più o meno pulito, ma il Pelinfaccia no.

Se ci stiamo attenti, possiamo anche mangiare senza sbrodolarci tutta la faccia di cibo. Ma il Pelinfaccia no. La prossima volta che vedete un uomo barbuto far colazione, osservatelo bene e vi accorgerete che, anche se spalanca la bocca a più non posso, non riesce assolutamente a ficcarci dentro una cucchiaiata di minestra o di budino di cioccolata con la panna senza lasciarne un po' sui peli.

Il signor Sporcelli non si dava neanche la pena di aprire abbastanza la bocca quando mangiava. Di conseguenza (e dato che non si lavava mai) c'erano sempre centinaia di brincelli di vecchie colazioni, cene e merende appiccicati ai peli che gli ricoprivano la faccia. Non veri e propri pezzi di cibo, badate bene, perché quelli se li puliva col dorso della mano o con la manica mentre mangiava. Ma se lo si guardava attentamente (il che non vi consiglio di fare) si potevano scorgere tra tutto quel pelame minuscoli avanzi rinsecchiti di uova strapazzate, di spinaci, di salsa al pomodoro, di lische di pesce e di fegatini di pollo

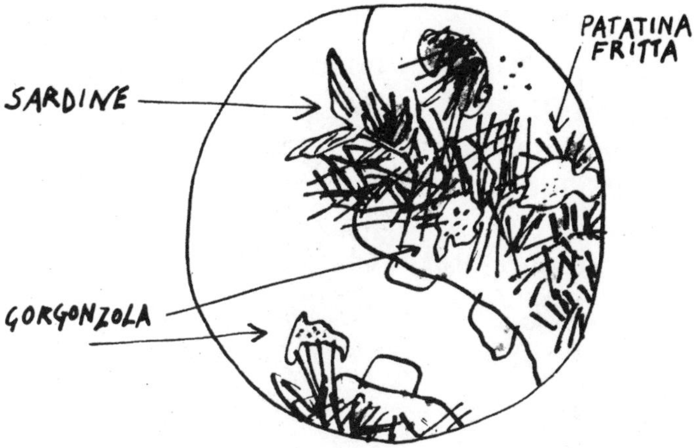

tritati, insomma di tutte le schifezze di cui il signor Sporcelli andava matto.

Se lo si guardava ancora più da vicino (tappatevi il naso, signore e signori), se si sbirciava tra le setole dei baffi che aveva sul labbro superiore, molto probabilmente si sarebbero visti rimasugli ben più consistenti, sfuggiti alla strusciata della sua mano e rimasti là da mesi e mesi: un pezzetto imputridito di gorgonzola o una patatina fritta muffita o persino la coda untuosa di una sardina in scatola.

Stando così le cose, il signor Sporcelli non soffriva mai veramente la fame. Gli bastava tirar fuori la lingua e piegarla di lato per esplorare la giungla pelosa che aveva attorno alla bocca, e riusciva sempre a trovare un qualche gustoso bocconcino da sgranocchiare.

Insomma, quello che sto cercando di dirvi è che il signor Sporcelli era uno sporco porcello.

Era anche un vecchio antipaticissimo, come scoprirete fra un momento.

La signora Sporcelli

La signora Sporcelli non era per niente meglio di suo marito.

Naturalmente non aveva la faccia pelosa. Ma era un vero peccato che non l'avesse, perché se non altro la barba avrebbe nascosto almeno in parte la sua raccapricciante bruttezza.

Guardatela.

Avete mai visto una donna con la faccia più orribile della sua? Ne dubito.

Ma la cosa strana è che la signora Sporcelli non era nata brutta. Da giovane, aveva avuto un viso piuttosto grazioso. La bruttezza le era cresciuta col passare degli anni.

Come mai? Ora ve lo spiego.

Se una persona ha brutti pensieri, dopo un po' glieli leggi in faccia. E quando i

brutti pensieri li ha ogni giorno, ogni settimana, ogni anno, il suo viso diventa sempre più brutto, finché diviene talmente brutto che non sopporti quasi più di guardarlo.

Una persona con pensieri gentili non potrà mai essere brutta.

Potrà avere il naso bitorzoluto e la bocca storta e i denti in fuori, ma, se ha pen-

sieri gentili, questi le illumineranno il viso come raggi di sole, e apparirà sempre bella.

Non c'era nessuna luce, sul viso della signora Sporcelli.

Nella mano destra stringeva un bastone da passeggio. Diceva sempre che il bastone le serviva perché le erano cresciute delle verruche sotto la pianta del piede sinistro e camminare le faceva male. Ma la vera ragione per cui lo portava sempre con sé era per dare bastonate a destra e a manca. In particolar modo le piaceva picchiare i cani, i gatti e i bambini piccoli.

E poi c'era la faccenda dell'occhio di vetro. La signora Sporcelli aveva un occhio di vetro che guardava sempre storto.

L'occhio di vetro

Con un occhio di vetro puoi fare un sacco di brutti scherzi, perché te lo togli e te lo rimetti quando ti pare. E ci puoi scommettere che, questi scherzi, la signora Sporcelli li conosceva tutti.

Un mattina si tolse l'occhio di vetro e lo lasciò cadere di nascosto nel boccale di birra del signor Sporcelli.

Standosene comodamente seduto, il signor Sporcelli continuò a bere pian piano la sua birra. La schiuma gli aveva formato un cerchio bianco sui peli attorno alla bocca. Si asciugò la schiuma bianca con la manica e poi si pulì la manica sui calzoni.

«Stai tramando qualcosa» gli disse la signora Sporcelli, voltandogli le spalle in modo che lui non si accorgesse della mancanza dell'occhio di vetro. «Ogni volta che te ne stai zitto zitto, so benissimo che hai in mente qualcosa».

Aveva ragione. Infatti lui stava traman-

do a più non posso. Stava escogitando un tiro veramente brutto da fare a sua moglie quel giorno.

«Sta' attento» gli disse la signora Sporcelli, «perché quando mi accorgo che cominci a tramare, ti guardo con cento occhi».

«Chiudi il becco, vecchia strega!» ribatté il signor Sporcelli, e continuò a bere la birra, mentre la sua mente malvagia continuava a elaborare l'orribile tiro che avrebbe giocato a quella odiosa vecchia megera.

A un tratto, mentre buttava giù l'ultimo sorso di birra, il signor Sporcelli vide l'orrido occhio di vetro della moglie che lo fissava dal fondo del boccale. Fece un salto per lo spavento.

«Te l'avevo detto che ti tenevo d'occhio» sghignazzò la signora Sporcelli. «Ho occhi dappertutto, perciò ti conviene stare molto attento a quello che fai».

Il ranocchio

Per vendicarsi dell'occhio di vetro nella birra, il signor Sporcelli decise di mettere un ranocchio nel letto della moglie.

Ne acchiappò uno bello grosso vicino allo stagno, e lo portò a casa nascosto in una scatola.

Quella sera, mentre la signora Sporcelli era in bagno che si preparava per andare a letto, il signor Sporcelli fece sgusciare il ranocchio tra le lenzuola della moglie. Poi se ne andò a letto e aspettò che le danze avessero inizio.

La signora Sporcelli tornò in camera, si coricò e spense il lume. Rimase là sdraiata al buio a grattarsi la pancia. La pancia le prudeva. Alle vecchie megere come lei prude sempre la pancia.

Poi all'improvviso la signora Sporcelli sentì qualcosa di freddo e di viscido strisciarle sui piedi. Cacciò un urlo.

«Cosa ti succede?» le chiese il signor Sporcelli.

«Aiuto!» strillò la signora Sporcelli, dibattendosi come una forsennata. «C'è qualcosa nel mio letto!»

«Scommetto che è quel Serpìsciolo Gigante che ho visto poco fa sul pavimento» disse il signor Sporcelli.

«Quel *cosa*?» urlò la signora Sporcelli.

«Ho cercato di ammazzarlo, ma è sgusciato via» disse il signor Sporcelli. «Ha denti come cacciavite!»

«Aiuto!» strillò la signora Sporcelli. «Salvami! Mi si è attaccato ai piedi!»

«Ti mangerà le dita» disse il signor Sporcelli.

La signora Sporcelli svenne.

Allora il marito si alzò dal letto, andò a prendere una brocca d'acqua fredda e gliela versò sulla testa per farla rinvenire.

Il ranocchio uscì da sotto le lenzuola per avvicinarsi all'acqua e cominciò a saltellare in qua e in là sul guanciale. I ranocchi adorano l'acqua. Questo si stava divertendo un mondo.

Quando la signora Sporcelli si riebbe, il ranocchio le era appena saltato sul viso. Non è un'esperienza piacevole per nessuno, ritrovarsi di notte, a letto, con un ranocchio sulla faccia. La signora Sporcelli urlò di nuovo.

«Accidenti, è davvero un Serpìsciolo Gigante!» esclamò il signor Sporcelli. «Ti staccherà il naso con un morso».

La signora Sporcelli balzò dal letto, corse al piano di sotto e passò il resto della notte sul divano. Il ranocchio si addormentò sul suo guanciale.

Vermicelli fumanti

Il giorno dopo, per vendicarsi del ranocchio nel letto, la signora Sporcelli uscì quatta quatta in giardino e si mise a scavare in cerca di vermi. Scelse i più lunghi e grossi, li infilò in un barattolo e se ne tornò in casa con il barattolo nascosto sotto il grembiule.

All'una, preparò degli spaghetti per pranzo e mischiò i vermi agli spaghetti, ma solo nella scodella del marito. I vermi non si vedevano perché il tutto era ricoperto di salsa di pomodoro e cosparso di parmigiano.

«Ehi, i miei spaghetti si muovono!» esclamò il signor Sporcelli, frugando nel piatto con la forchetta.

«Sono di un tipo speciale» gli spiegò la moglie, mettendosi in bocca una forchettata dei suoi, che naturalmente non erano mischiati a vermi. «Sono vermicelli veraci.

Squisiti. Mangiali finché sono belli caldi e al dente!»

Il signor Sporcelli cominciò a mangiare con avidità, arrotolando sulla forchetta i lunghi fili ricoperti di pomodoro e cacciandoseli in bocca. Presto buona parte della salsa di pomodoro gli era finita sul mento peloso.

«Sono meno buoni dei soliti» disse con la bocca piena, «e per nulla al dente: anzi è tutta una poltiglia!»

«Io li trovo una squisitezza» ribatté la signora Sporcelli, osservandolo dall'altro capo del tavolo e godendosela un mondo a vederlo ingoiare vermi.

«E sono anche un po' amarognoli» disse il signor Sporcelli. «Uno strano saporaccio amaro. Compra la solita qualità la prossima volta».

La signora Sporcelli aspettò che lui avesse vuotato il piatto. Poi disse: «Vuoi sapere perché ti pareva una poltiglia?»

Il signor Sporcelli si pulì la salsa di pomodoro dalla barba con un lembo della tovaglia.

«Perché?» chiese.

«E perché quello strano saporino amaro?»

«Perché?» domandò di nuovo lui.

«Perché erano vermi!» esclamò la signora Sporcelli scoppiando in una risataccia roca e sguaiata, battendo le mani e pestando i piedi.

Lo strano bastone da passeggio

Per vendicarsi dei vermi negli spaghetti, il signor Sporcelli escogitò un tiro mancino veramente geniale.

Una notte, mentre la signora Sporcelli dormiva, si alzò furtivamente dal letto, portò il bastone da passeggio della moglie nella sua stanza da lavoro, e incollò un minuscolo tondino di legno (non più spesso di una moneta) sotto la punta del bastone.

In questo modo il bastone diventò più lungo, ma talmente di poco che, la mattina seguente, la signora Sporcelli non se ne accorse.

La notte dopo, il signor Sporcelli incollò un altro minuscolo tondino di legno sotto il bastone. Ogni notte scendeva in punta di piedi e aggiungeva un altro piccolissimo spessore di legno all'estremità del bastone. Lo faceva con molta cura, di modo che i pezzetti aggiunti sembrassero parte del vecchio bastone.

Lentamente, lentissimamente, il bastone da passeggio della signora Sporcelli diventò sempre più lungo.

Ora, quando qualcosa cresce molto lentamente è quasi impossibile accorgersene. Voi, per esempio, in realtà ogni giorno che passa diventate un po' più alti, ma non ve ne accorgete, no?

La stessa cosa accadeva col bastone da passeggio della signora Sporcelli. La trasformazione era così lenta e graduale che lei non si avvide di com'era diventato lungo neanche quando le arrivò praticamente alla spalla.

«Quel bastone è troppo lungo per te» le disse un giorno il signor Sporcelli.

«È vero!» esclamò lei guardando il bastone. «Lo sentivo che qualcosa non andava, ma non riuscivo a capire di cosa si trattasse».

«Eh, sì, c'è proprio qualcosa che non va» disse il signor Sporcelli, cominciando a divertirsi.

«Ma cosa può essere successo?» fece la signora Sporcelli fissando perplessa il suo vecchio bastone da passeggio. «Dev'essersi allungato all'improvviso».

«Non dire idiozie!» ribatté il signor Sporcelli. «Un bastone da passeggio non può allungarsi! È fatto di legno secco, no? Il legno secco non può crescere».

«E allora cosa diavolo è successo?» strillò la signora Sporcelli.

«Non è il bastone, sei *tu*!» disse il signor Sporcelli ghignando orribilmente. «Sei *tu* che ti stai accorciando! Me n'ero accorto già da un pezzo».

«No! Non è vero!» gridò la signora Sporcelli.

«Stai rimpicciolendo, donna!» disse il signor Sporcelli.

«Non è possibile!»

«Arcipossibile» affermò il signor Sporcelli. «Stai rimpicciolendo rapidamente! Ti stai restringendo a una velocità pericolosa! Accipicchia, devi essere rimpicciolita di almeno dieci centimetri negli ultimi giorni!»

«Non è vero!» gridò lei.

«Certo che è vero! Guarda un po' il tuo bastone, vecchia capra, e guarda quanto ti sei accorciata in confronto! Hai la *restringite*, ecco che cos'hai! La famigerata *restringite*!»

La signora Sporcelli cominciò a tremare così forte che dovette mettersi a sedere.

La restringite

Non appena la signora Sporcelli si fu seduta, il signor Sporcelli le puntò un dito contro e gridò: «Lo vedi? Sei seduta sulla tua vecchia sedia e sei talmente rimpicciolita che i tuoi piedi non toccano neanche terra!»

La signora Sporcelli si guardò i piedi e, diavolo di un uomo!, aveva proprio ragione. I suoi piedi non toccavano terra.

Il signor Sporcelli, infatti, era stato altrettanto abile con la sedia quanto col bastone da passeggio. Ogni notte, quando era sceso al pianterreno e aveva incollato un altro tondino di legno al bastone, aveva fatto la stessa cosa con le quattro gambe della sedia di sua moglie.

«Guardati là seduta sulla tua solita vecchia sedia» la derise, «così ristretta che i piedi ti penzolano nel vuoto!»

La signora Sporcelli diventò bianca come un panno lavato.

«Hai proprio la restringite!» gridò il signor Sporcelli puntandole contro l'indice come una pistola. «Ce l'hai in forma gravissima! È il più spaventoso caso di restringite che abbia mai visto!»

La signora Sporcelli era talmente terro-

rizzata che si mise a sbavare dalla paura. Ma al signor Sporcelli, cui i vermi negli spaghetti erano rimasti sullo stomaco, non fece nessunissima pena.

«Naturalmente sai cosa succede quando si ha la restringite, vero?» le disse.

«Che cosa?» balbettò la signora Sporcelli. «Cosa succede?»

«La testa si RESTRINGE e rientra nel collo...

E il collo si RESTRINGE e rientra nel corpo...

E il corpo si RESTRINGE e rientra nelle gambe...

E le gambe si RESTRINGONO e rientrano nei piedi. E alla fine della persona non rimane altro che un paio di scarpe e un fagotto di vecchi vestiti».

«Basta, basta, non dirmi altro!» gridò la signora Sporcelli.

«È una malattia terribile» affermò il signor Sporcelli a voce ancora più alta. «La più spaventosa del mondo».

«E quanto ci metterò?» gemé la signora Sporcelli. «Quanto mi rimane prima di ridurmi a un fagotto di stracci e a un paio di vecchie scarpe?»

Il signor Sporcelli assunse un'aria molto solenne. «A questa velocità» disse, scuotendo tristemente il capo, «direi non più di dieci o undici giorni».

«Ma non c'è nessun rimedio?» gridò la signora Sporcelli.

«C'è una sola cura per la restringite»

disse il signor Sporcelli con aria solenne.
«Dimmi, dimmi» gridò lei, «oh, dimmelo subito!»
«Dovremo sbrigarci!» disse il signor Sporcelli.
«Sono pronta a tutto! Farò qualsiasi cosa!» implorò la signora Sporcelli.
«Non ne avrai per molto, altrimenti» disse il signor Sporcelli con un altro ghigno satanico.
«Che cosa devo fare?» gridò lei, prendendosi la testa tra le mani.
«Bisogna *stirarti*» sentenziò il signor Sporcelli.

La grande stiratura

Il signor Sporcelli portò sua moglie fuori, all'aperto, dove aveva preparato tutto per la grande stiratura:

Cento palloni e moltissimo spago.

Una bombola di gas per riempire i palloni.

Un anello di ferro fissato a terra.

«Mettiti lì» le disse, indicando l'anello di ferro. Poi le legò le caviglie all'anello.

Fatto questo, cominciò a gonfiare i palloni. Ogni pallone veniva fissato a un lungo spago e, quando era pieno di gas, strattonava lo spago cercando di salire verso l'alto. Il signor Sporcelli legò alcuni spaghi attorno al collo della moglie, altri sotto le braccia, altri ai polsi e alcuni persino ai capelli.

Presto cinquanta palloni variopinti fluttuarono nell'aria sopra la testa della signora Sporcelli.

«Li senti che ti tirano?» le chiese lui.

«Li sento! Li sento!» gridò lei. «Mi stanno stirando da morire».

Lui aggiunse altri dieci palloni. La spinta all'insù diventò fortissima.

Ora la signora Sporcelli era ridotta all'impotenza. Coi piedi legati a terra e le braccia tirate in su dai palloni, non riusciva a muoversi. Era prigioniera, e l'intenzione del signor Sporcelli era stata di andarsene e lasciarla così per un paio di giorni e di notti per darle una lezione. Infatti stava giusto per andarsene quando la signora Sporcelli aprì la sua boccaccia e disse una stupidaggine:

«Sei sicuro di avermi legato per bene i piedi a terra?» ansimò. «Se si rompono quegli spaghi che ho attorno alle caviglie, ciao e tanti saluti».

Ed è questo che diede al signor Sporcelli la sua seconda idea malvagia.

La signora Sporcelli sale in pallone

«Questi palloni tirano così forte che mi porterebbero sulla luna!» gridò la signora Sporcelli.

«Portarti sulla *luna*?» esclamò il signor Sporcelli. «Che idea terribile! Guai se accadesse una cosa simile!»

«Guai, l'hai detto!» strepitò lei. «Dammi qualche altro giro di spago attorno alle caviglie, presto! Voglio sentirmi sicura al cento per cento!»

«Molto bene, angelo mio» disse il signor Sporcelli, e con un ghigno demoniaco s'inginocchiò ai suoi piedi. Tirò fuori di tasca un coltello e con un rapido colpo tagliò le corde che legavano le caviglie della signora Sporcelli all'anello di ferro.

Lei partì come un razzo.

«Aiuto!» urlò. «Salvatemi!»

Ma ormai era troppo tardi. Di lì a pochi

secondi era su nel cielo azzurro e continuava a salire velocemente.

Il signor Sporcelli se ne stava con il naso per aria. «Che deliziosa visuale!» disse tra sé. «Quanti bei palloncini lassù nel cielo! E che straordinario colpo di fortuna per me! Finalmente la vecchia befana si è levata dai piedi e non la rivedrò mai più».

La signora Sporcelli scende in pallone

La signora Sporcelli poteva anche essere brutta e odiosa, ma non era stupida.

Lassù nel cielo, ebbe un'idea geniale. «Se riesco a liberarmi di qualche pallone» si disse, «smetterò di salire e comincerò a scendere».

Si mise a strappare con i denti le cordicelle che le assicuravano i palloni ai polsi, alle braccia, al collo e ai capelli. Ogni volta che tagliava uno spago coi denti e lasciava volar via il pallone, la spinta verso l'alto diminuiva e la velocità di salita rallentava.

Quando ebbe tagliato venti spaghi, smise di salire del tutto. Rimase ferma in aria.

Strappò un altro spago.

Molto, molto lentamente, cominciò a fluttuare verso il basso.

Era una giornata calma, senza neanche un filo di vento. Proprio per questo la signora Sporcelli era salita dritta come un fuso. E adesso cominciò a scendere dritta come un fuso.

Mentre fluttuava dolcemente verso il basso, la sottoveste le si gonfiò come un paracadute, mettendo in mostra i suoi lunghi mutandoni. Era uno spettacolo imprevisto in quella bella giornata, e migliaia di uccelli arrivarono da ogni parte per ammirare quella nuova specie di volatile.

Il signor Sporcelli sotto shock

Il signor Sporcelli, convinto di aver visto la sua odiata metà per l'ultima volta, se ne stava seduto in giardino a far festa con un boccale di birra.

Intanto la signora Sporcelli continuava a planare silenziosamente. Quando fu a una decina di metri sopra il marito, gridò a un tratto con quanto fiato aveva in gola: «Eccomi che arrivo, lurido bestione! Broccolo putrefatto! Sporco vecchio pidocchioso!»

Il signor Sporcelli saltò su come se fosse stato punto da una vespa gigante. La birra gli cadde di mano. Guardò in su. Sbarrò gli occhi. Spalancò la bocca. Soffocò un grido. Suoni gorgoglianti gli uscirono dalla strozza. «*Ughhhhhhhhh*! *Arghhhhhhhhhh*! *Ouchhhhhhhhhh*!»

«Questa me la pagherai!» gridò la signora Sporcelli. Stava per atterrargli proprio in testa. Era rossa di rabbia e menava fendenti nell'aria con il suo lungo bastone da passeggio che in qualche modo era riuscita a tenersi stretto durante tutti quei su e giù. «Ti frollo il midollo!» urlava. «Ti buco la nuca! Ti rapo la crapa! Ti infilzo la milza!». E prima che il signor Sporcelli facesse in tempo a scappare, quel groviglio di palloni, di sottovesti e di furia scatenata gli piombò addosso roteando il bastone e menando colpi all'impazzata.

La casa, l'albero e la gabbia delle scimmie

Ma basta con queste storie. Non si può continuare in eterno a seguire le porcellate che si fanno l'un l'altro due porcelli. Continuiamo con la nostra storia.

Adesso guardate un po' la casa e il giardino dei signori Sporcelli. Che casa! Sembra una prigione. E neanche l'ombra di una finestra.

«Chi le vuole, le finestre?» aveva detto il signor Sporcelli quando la stavano costruendo. «Solo perché un guardone qualsiasi si levi lo sfizio di vedere cosa stai facendo?». Non gli passava neanche per la mente, al signor Sporcelli, che le finestre sono fatte principalmente per guardar fuori, non per guardar dentro.

E cosa ve ne pare di quell'orrendo giardino? La giardiniera era la signora Sporcelli, bravissima a far crescere cardi e ortiche. «Bisogna non essere mai a corto di cardi spinosi e di ortiche urticanti!» diceva sempre. «Tengono lontani i bambini rompiscatole e ficcanaso».

Vicino alla casa potete vedere il capanno da lavoro del signor Sporcelli.

L'albero che vedete alla vostra destra è il Grande Albero Morto. Non ha mai foglie perché è morto.

Non lontano dall'albero, potete vedere la gabbia delle scimmie. Dentro ci sono

quattro scimmie. Appartengono al signor Sporcelli. Sentirete parlare di loro più avanti.

La Colla Nontimolla

Una volta alla settimana, il mercoledì, i signori Sporcelli mangiavano Pasticcio di Uccellini per cena. Il signor Sporcelli li acchiappava e la moglie li cucinava.

Lui era bravissimo ad acchiappare gli uccelli. Il giorno prima del Mercoledì del Pasticcio, appoggiava una lunga scala a pioli contro il Grande Albero Morto e si arrampicava tra i rami con un secchio di colla e un grosso pennello. La colla che

usava era del tipo Nontimolla, la più appiccicosa che ci fosse in tutto il mondo. La spalmava lungo la parte superiore di tutti i rami e poi se ne andava.

Al calare del sole, arrivavano dai dintorni centinaia di uccelli per passare la notte appollaiati sul Grande Albero Morto. Non sapevano, poverini, che i rami erano tutti cosparsi di quell'orribile Colla Nontimolla. Nell'istante in cui si posavano su un ramo, le zampette restavano incollate, e per loro era finita.

L'indomani mattina, il giorno del Pasticcio di Uccellini, il signor Sporcelli saliva di nuovo la scala e con le sue manacce afferrava tutti i poveri uccelli rimasti appiccicati all'albero. Non importava di che razza fossero – tordelle, merli, passeri, corvi, scriccioli, pettirossi, capinere, qualsiasi cosa – finivano tutti nella pentola per il Pasticcio di Uccellini del Mercoledì.

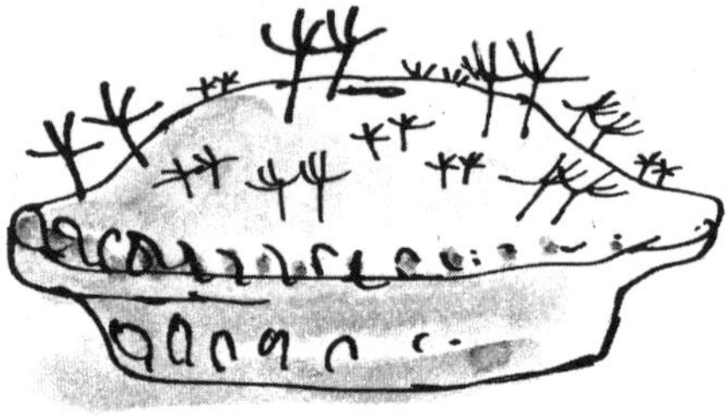

Quattro bambini appiccicosi

Un martedì sera, dopo che il signor Sporcelli era salito sull'albero e aveva spalmato i rami di Colla Nontimolla, quattro bambini s'introdussero di soppiatto nel giardino per guardare le scimmie.

Avevano tanta voglia di vedere le scimmie, che non li trattenevano né cardi né ortiche.

Ma dopo un po' si stufarono di guardare le scimmie; si misero allora a esplorare il giardino e trovarono la scala appoggiata al Grande Albero Morto. Decisero di salire fino in cima alla scala, tanto per divertirsi.

Non era certo un delitto.

La mattina dopo, quando il signor Sporcelli uscì per raccogliere gli uccellini, trovò quattro bambini infelicissimi seduti sull'albero, col fondo dei calzoni indissolubilmente incollato ai rami.

Di uccelli neanche l'ombra, perché la

presenza dei bambini li aveva fatti girare alla larga.

Il signor Sporcelli andò su tutte le furie. «Visto che non ci sono uccelli per il mio pasticcio di stasera» gridò, «dovrò accontentarmi di bambini!»

Cominciò a salire la scala. «Forse il Pasticcio di Marmocchi sarà più buono del Pasticcio di Uccellini» continuò, sogghignando orribilmente. «Più carne e meno ossicini!»

I bambini erano terrorizzati.

«Ci bollirà in pentola!» gridò il primo bambino.

«Ci arrostirà vivi!» si lamentò il secondo.

«Ci cucinerà con le carote!» strillò il terzo.

Ma il quarto bambino, che aveva più buon senso degli altri, bisbigliò: «Sentite, mi è venuta un'idea. Siamo attaccati solo per *il fondo dei calzoni*! Perciò svelti! Sbottonatevi i calzoni, toglieteveli e lasciatevi cadere a terra».

Il signor Sporcelli era arrivato in cima alla scala e stava giusto per allungare la mano e agguantare il bambino più vicino, quando a un tratto tutti e quattro i ragazzi si lasciarono scivolare giù dall'albero e se la diedero a gambe con i culetti nudi che brillavano al sole.

Il grande Circo delle Scimmie Capovolte

E ora veniamo alle scimmie.

Le quattro scimmie rinchiuse nella gabbia in giardino erano una famiglia: Capopò, sua moglie e i loro due piccoli.

Ma cosa diavolo ci facevano i signori Sporcelli con quelle scimmie nel loro giardino?

Beh, ai vecchi tempi avevano lavorato tutt'e due in un circo come ammaestratori di scimmie. Insegnavano alle scimmie a eseguire giochi di abilità e a vestirsi come degli ometti, a fumare la pipa e sciocchezze del genere.

Adesso, pur essendo in pensione, al signor Sporcelli piaceva ancora addestrare le scimmie. Sognava di diventare un giorno il padrone del primo GRANDE CIRCO DELLE SCIMMIE CAPOVOLTE del mondo.

A questo scopo costringeva le scimmie a far tutto capovolte: dovevano ballare a testa in giù (con le mani per terra e i piedi per aria), giocare a calcio a capo in giù, reggersi in equilibrio una sull'altra a testa in giù, con Capopò alla base e lo scimmiottino più piccolo in cima. Erano persino costrette a mangiare e a bere a testa in giù, e questo è tutt'altro che facile perché il cibo e l'acqua devono andare *su* per la gola, non giù! A dire il vero è un'impresa quasi impossibile, ma le scimmie o si adattavano o rimanevano a bocca asciutta.

Tutto questo a voi e a me sembra ridicolo. Sembrava ridicolo anche alle scimmie. Quelle poverette non ne potevano più di quegli assurdi esercizi. Gli veniva il capogiro a furia di stare a testa in giù per ore e ore. A volte i due scimmiottini svenivano, con tutto quel sangue che gli andava alla testa. Ma al signor Sporcelli non gliene importava proprio niente. Costringeva le scimmie a esercitarsi per sei ore al giorno, e se non ubbidivano ai suoi ordini arrivava di corsa la signora Sporcelli con il suo odioso bastone.

L'Uccello Rococò viene in soccorso

Capopò e la sua famiglia avrebbero tanto voluto scappare dalla gabbia del signor Sporcelli e tornarsene nella giungla africana da dove provenivano.

Odiavano gli Sporcelli che rendevano la loro vita un inferno.

Li odiavano anche per quello che facevano agli uccelli tutti i martedì e mercoledì. «Volate via, uccelli!» gridavano le scimmie, saltellando su e giù per la gabbia e agitando le braccia. «Non vi appollaiate sul Grande Albero Morto! È appena stato

spalmato di Colla Nontimolla! Andate a posarvi da qualche altra parte!»

Ma quelli erano uccelli inglesi e non riuscivano a capire la strana lingua africana delle scimmie. Perciò non facevano caso alle loro grida e continuavano a posarsi sul Grande Albero Morto e a farsi acchiappare per il Pasticcio di Uccellini della signora Sporcelli.

Poi, un bel giorno, un uccello davvero magnifico volò giù dal cielo e atterrò sulla gabbia delle scimmie.

«Santi numi!» esclamarono le scimmie tutte insieme. «È l'Uccello Rococò! Cosa diavolo fai qui in Inghilterra, Uccello Rococò?»

Come le scimmie, l'Uccello Rococò veniva dall'Africa e parlava la loro stessa lingua. «Sono in vacanza» spiegò l'Uccello Rococò. «Adoro viaggiare». Arruffò le meravigliose piume variopinte e guardò le scimmie dall'alto in basso con sussiego. «Per la maggior parte delle persone» continuò, «volarsene via in vacanza è molto costoso, ma io posso volare gratis in qualsiasi angolo del mondo».

«Sei capace di parlare con questi uccelli inglesi?» gli chiese Capopò.

«Certo che ne sono capace» rispose l'Uccello Rococò. «Non serve a nulla andare in un paese se non conosci la lingua».

«Allora dobbiamo fare in fretta» gli disse Capopò. «Oggi è martedì, e quell'abominevole signor Sporcelli si è già arrampicato in cima alla scala e sta spalmando di Colla Nontimolla i rami del Grande Albero Morto. Stasera, quando gli uccelli arriveranno da tutte le parti per appollaiarsi lassù, li devi avvertire di non posarsi su quell'albero o finiranno dentro il Pasticcio di Uccellini».

Quella sera, l'Uccello Rococò prese a volare attorno al Grande Albero Morto cantando a gran voce:

«Quest'albero è tutto spalmato di colla!
Vi afferra le zampe e più non vi molla!
Perciò via volate, volate via uccelli,
o andrete a finire in pancia a Sporcelli!»

Il signor Sporcelli rimane a bocca asciutta

La mattina dopo, quando il signor Sporcelli uscì di casa con un enorme cesto per raccogliere gli uccelli rimasti invischiati sul Grande Albero Morto, non ne trovò neanche uno. Erano tutti appollaiati sulla gabbia delle scimmie, e insieme a loro c'era anche l'Uccello Rococò. Capopò e la sua famiglia stavano nella gabbia, e tutti quanti ridevano del signor Sporcelli.

Il signor Sporcelli rimane ancora a bocca asciutta

Il signor Sporcelli non intendeva aspettare un'altra settimana per mangiare il suo Pasticcio di Uccellini. Adorava il Pasticcio di Uccellini. Era la sua pietanza preferita. Perciò quel giorno stesso tornò a dare la caccia agli uccelli. Questa volta spalmò di Colla Nontimolla tutte le sbarre della gabbia, oltre che i rami del Grande Albero

Morto. «Adesso vi acciufferò» borbottò, «ovunque vi posiate!»

Le scimmie rimasero rannicchiate nella gabbia osservandolo lavorare, e più tardi, quando l'Uccello Rococò arrivò in picchiata per fare due chiacchiere prima di sera, gli gridarono: «Non atterrare sulla nostra gabbia, Uccello Rococò! È ricoperta di Colla Nontimolla! E anche l'albero!»

E così quella sera, mentre il sole tramontava e gli uccelli arrivavano di nuovo da ogni parte per dormire, l'Uccello Rococò girò e rigirò volando attorno alla gabbia delle scimmie e al Grande Albero Morto, cantando forte il suo avvertimento:

«Anche la gabbia è spalmata di colla!
Vi afferra le zampe e più non vi molla!
Perciò via volate, volate via uccelli,
o andrete a finire in pancia a Sporcelli!»

I signori Sporcelli vanno a comprarsi un fucile

La mattina dopo, quando il signor Sporcelli uscì di casa con il suo grosso paniere, non c'era un solo uccello appollaiato né sulla gabbia delle scimmie né sul Grande Albero Morto. Erano tutti seduti felici e contenti sul tetto della casa dei signori Sporcelli. Anche l'Uccello Rococò se ne stava lassù, e le scimmie erano nella gabbia e tutta la compagnia rideva a crepapelle alle spalle del signor Sporcelli.

«Ve lo cancello io quello stupido sorriso dal becco!» urlò il signor Sporcelli. «La prossima volta vi acchiappo, sozzi pitoccosi pennuti! Vi torcerò il collo a tutti quanti,

e vi ficcherò nel mio Pasticcio spennati e sbudellati prima di sera!»

«E come ci riuscirai?» gli chiese la signora Sporcelli, che era uscita in giardino per vedere cosa fosse tutto quel baccano. «Non ti permetterò di spalmare colla sul tetto della nostra casa!»

A un tratto al signor Sporcelli brillarono gli occhi. «Ho un'idea stupenda!» esclamò. Non si diede la pena di abbassare la voce perché non pensava che le scimmie potessero capire.

«Andiamo subito tutti e due in paese a comprarci un fucile per uno! Che ne dici?»

«Geniale!» urlò la signora Sporcelli, sogghignando e mettendo in mostra i lunghi denti gialli. «Compreremo quei grossi fucili da caccia che sparano cinquanta e più pallettoni a ogni schioppettata!»

«Esatto!» disse il signor Sporcelli. «Chiudi la porta di casa a chiave mentre io vado ad assicurarmi che le scimmie non combinino guai».

Il signor Sporcelli si avvicinò alla gabbia delle scimmie. «Attenzione!» abbaiò con il suo terribile vocione da domatore di scimmie. «A testa in giù tutt'e quattro, svelte! Una sull'altra! Svelte! Datevi da fare o la signora Sporcelli vi farà assaggiare il suo bastone!»

Ubbidienti, le povere scimmie si misero a testa in giù e si arrampicarono una sulle spalle dell'altra, con Capopò alla base e lo scimmiottino più piccolo in cima.

«E ora ferme così finché non torniamo!» ordinò il signor Sporcelli. «Guai a chi si muove! E non perdete l'equilibrio. Quando torniamo, fra due o tre ore, mi aspetto di ritrovarvi tutte e quattro nella stessa esatta posizione in cui siete ora! Chiaro?»

E con questo il signor Sporcelli si allontanò a grandi passi. La signora Sporcelli andò con lui. E le scimmie rimasero sole con gli uccelli.

Capopò ha un'idea

Non appena i signori Sporcelli scomparvero in fondo alla strada, le quattro scimmie si rimisero in piedi con una capriola.

«Svelto, prendi la chiave!» gridò Capopò all'Uccello Rococò, ancora appollaiato sul tetto della casa.

«Quale chiave?» chiese l'Uccello Rococò.

«La chiave della porta della nostra gabbia» gridò Capopò. «È appesa a un chiodo nel capanno degli attrezzi. Lui la mette sempre lì».

L'Uccello Rococò volò giù e ricomparve quasi subito con la chiave nel becco. Capopò allungò una mano attraverso le sbarre della gabbia e la prese. La infilò nella toppa e la girò. La porta si aprì. Tutt'e quattro le scimmie balzarono fuori.

«Liberi!» gridarono i due scimmiottini. «Dove andiamo, papà? Dove ci possiamo nascondere?»

«Non vi agitate» disse Capopò. «Calmatevi, tutti quanti. Prima di scappare da quest'orribile posto, c'è una cosa molto importante che dobbiamo fare».

«Cosa?» gli chiesero.

«Metteremo quei perfidi Sporcelli a TESTA IN GIÙ!»

«Faremo *cosa*?» gridarono i due scimmiottini. «Stai scherzando, papà!»

«Non scherzo affatto» disse Capopò.

«Metteremo gli Sporcelli a TESTA IN GIÙ, con i piedi per aria!»

«Non essere ridicolo» saltò su l'Uccello Rococò. «Come possiamo far finire quei due immondi vecchi mostri a testa in giù?»

«Ci riusciremo, ci riusciremo!» gridò Capopò. «Li costringeremo a stare a testa in giù per ore e ore! Forse per sempre! Che provino *loro* a vedere come si sta in quella posizione, una volta tanto!»

«Ma come?» chiese l'Uccello Rococò. «Dimmi soltanto come».

Capopò inclinò la testa di lato e un sorrisetto ammiccante gli incurvò gli angoli della bocca. «Di tanto in tanto» disse, «ma non molto spesso, ho un'idea geniale. Questo è uno di quei momenti. Seguitemi, amici, seguitemi». Corse via in direzione della casa, e le altre tre scimmie e l'Uccello Rococò gli andarono dietro.

«Secchi e pennelli!» gridò Capopò. «Ecco quello che ci occorre! Ce ne sono quanti ne vogliamo nel capanno degli attrezzi! Sbrigatevi, su! Prendete ognuno un secchio e un pennello!»

Nel capanno degli attrezzi del signor Sporcelli c'era un enorme barile di appiccicosissima Colla Nontimolla, quella che lui

usava per acchiappare gli uccelli. «Riempite i vostri secchi!» ordinò Capopò. «Ora c'introdurremo nella casa!»

Copopò aveva visto la signora Sporcelli nascondere la chiave di casa sotto lo stoino, e perciò fu facile per loro impossessarsene e introdursi nella casa.

Per prime entrarono le quattro scimmie, con i loro secchi di Colla Nontimolla. Poi entrò a volo l'Uccello Rococò, con un secchio nel becco e un pennello nella zampa.

La grande incollata

«Questo è il soggiorno» annunciò Capopò. «Lo splendido, sontuoso soggiorno dove tutte le settimane quelle due crudeli, carnivore carogne divorano Pasticcio di Uccellini per cena!»

«Ti prego, non parlare più del Pasticcio di Uccellini» disse l'Uccello Rococò. «Mi dà i brividi».

«Non perdiamo tempo!» gridò Capopò. «Su, sbrigatevi! La prima cosa è questa: dovete spalmare la colla sull'intero soffitto! Ricopritelo tutto! Passatela in ogni angolo!»

«Sul soffitto!» gridarono gli altri. «Perché sul *soffitto*?»

«Non vi preoccupate del perché!» gridò Capopò. «Fate come vi dico e non state a discutere!»

«Ma come potremo salire fin lassù?» gli chiesero. «Non ce la faremo mai! Non ci arriviamo!»

«Le scimmie possono arrivare dappertutto!» gridò Capopò.

Era fuori di sé dall'eccitazione, brandiva il pennello e il secchio e saltabeccava per tutta la stanza. «Coraggio, coraggio! Saltate sul tavolo! Salite sulle sedie! Montate uno sulle spalle dell'altro! Rococò può farlo volando. Non state là a bocca aperta! Dobbiamo fare in fretta, non capite? Quei terribili Sporcelli saranno di ritorno da un momento all'altro, e questa volta avranno dei *fucili*! Datevi da fare,

per amor del cielo! Datevi da fare! E in fretta!»

E così la grande tinteggiatura a colla del soffitto ebbe inizio.

Tutti gli altri uccelli che fino allora erano rimasti appollaiati sul tetto volarono dentro per aiutare, portando pennelli nelle zampe e nei becchi.

C'erano poiane, gazze, corvi, cornacchie

e molti altri. Tutti spennellavano a più non posso e, con tanti aiutanti, il lavoro fu portato velocemente a termine.

Il tappeto sul soffitto

«E adesso?» chiesero tutti, guardando Capopò.

«Ah-ah!» gridò lui. «Adesso viene il bello! Adesso sta per aver luogo la più grande beffa rovesciata di tutti i tempi! Siete pronti?»

«Siamo pronte» dissero le scimmie.

«Siamo pronti» dissero gli uccelli.

«Tirate via il tappeto!» gridò Capopò. «Tirate fuori l'enorme tappero da sotto i mobili e appiccicatelo sul soffitto!»

«Sul *soffitto*!» gridò uno degli simmiottini. «Ma è impossibile, papà!»

«Appiccicherò te sul soffitto se non chiudi subito il becco!» lo rimbeccò suo padre.

«È pazzo!» gridarono tutti.

«È suonato!»

«È svitato!»

«È svanito!»

«È svampito!»

«È rimbecillito!» gridò l'Uccello Rococò. «Il povero vecchio Capopò è diventato matto!»

«Oh, finitela di dire scemenze e datemi una mano» disse Capopò, afferrando un angolo del tappeto. «Tirate, scimuniti, tirate!»

Il tappeto era immenso. Copriva l'intero pavimento da parete a parete. Aveva un disegno rosso e oro. Non è facile tirare via dal pavimento un tappeto così grande quando la stanza è zeppa di tavoli e di sedie. «Tirate!» strillava Capopò. «Tira-

te, tirate, tirate!». Saltellava per la stanza come un invasato, gridando ordini a destra e manca. Ma non gli si può dare torto. Dopo mesi e mesi passati a testa in giù con la sua famiglia, non vedeva l'ora che i terribili Sporcelli facessero la stessa fine.

Con tutte le scimmie e gli uccelli che tiravano e sbuffavano, il tappeto fu sollevato dal pavimento e issato finalmente fino al soffitto. E là rimase appiccicato.

Di colpo, tutto il soffitto del soggiorno fu tappezzato in rosso e oro.

Anche i mobili sul soffitto

«Adesso il tavolo, il tavolo grande!» gridò Capopò. «Capovolgete il tavolo e mettete un bioccolo di colla sotto ognuna delle gambe. Poi appiccicheremo anche quello sul soffitto!»

Issare l'enorme tavolo capovolto fino al soffitto non fu facile, ma alla fine, lavorando tutti insieme, ci riuscirono.

«Rimarrà attaccato?» gridarono. «La colla sarà abbastanza forte da tenerlo appiccicato lassù?»

«È la colla più forte del mondo!» rispose Capopò. «È la speciale Colla Nontimolla-incolla-uccelli da spalmare sugli alberi!»

«Ti supplico» disse l'Uccello Rococò. «Ti avevo già pregato di non accennare più a quest'argomento. A te piacerebbe se fosse il Pasticcio di Scimmia a venir preparato tutti i mercoledì, e io continuassi a parlare dei tuoi amici bolliti?»

«Hai ragione, sono imperdonabile» disse Capopò, «sono talmente eccitato che non so quello che dico. E ora le sedie! Fate la stessa cosa con le sedie! Tutte le sedie

devono essere appiccicate capovolte al soffitto! E ognuna al suo posto! In fretta, in fretta! Da un momento all'altro ci piomberanno addosso quei due zombi mostruosi coi loro fucili!»

Le scimmie, aiutate dagli uccelli, spalmarono un po' di colla sul fondo delle gambe di tutte le sedie e le issarono fino al soffitto.

«E ora i tavolini!» gridò Capopò. «E il

divano! E la credenza! E le lampade! E tutti i soprammobili! I posacenere! I ninnoli! E quello spaventoso gnomo di plastica sulla credenza! Tutto, assolutamente tutto dev'essere incollato al soffitto!»

Era un lavoro davvero faticosissimo. In particolar modo era difficile appiccicare tutto quanto al soffitto esattamente al

posto giusto. Ma alla fine ci riuscirono.

«E adesso?» chiese l'Uccello Rococò. Aveva il fiato grosso ed era talmente stanco che non riusciva quasi più a battere le ali.

«Ora i quadri!» gridò Capopò. «Sistemate tutti i quadri a testa in giù! E uno di voi uccelli, per favore, voli in strada e avverta quando arrivano quei due immondi spaventapasseri».

«Vado io» si offrì l'Uccello Rococò. «Mi metterò sui fili del telefono e monterò la guardia. Così mi riposerò anche un poco».

I corvi colpiscono nel segno

Avevano appena finito il lavoro che l'Uccello Rococò rientrò strillando: «Tornano! tornano!»

In un baleno gli uccelli volarono ad appollaiarsi sul tetto della casa. Le scimmie si precipitarono nella gabbia e salirono l'una sulle spalle dell'altra, a testa in giù. Un istante dopo, i signori Sporcelli entrarono a grandi passi in giardino, imbracciando ognuno un fucile dall'aspetto micidiale.

«Vedo con piacere che quelle scimmie

sono ancora a testa in giù» disse il signor Sporcelli.

«Sono troppo stupide per fare altro» disse la signora Sporcelli. «Ehi, guarda tutti quegli sfacciati ancora lassù in cima al tetto! Entriamo in casa a caricare i nostri bei fucili nuovi e poi, *pum-pum*, stasera ci mangiamo un bel Pasticcio d'Uccellini».

Proprio mentre i signori Sporcelli stavano per entrare in casa, due corvi neri planarono bassi sopra le loro teste. Ognuno dei due uccelli reggeva un pennello nella zampa e ognuno dei due pennelli era spalmato di Colla Nontimolla. Mentre passavano veloci, i due corvi diedero una

spalmata di Colla Nontimolla in cima alla testa dei signori Sporcelli. Lo fecero con tocco leggerissimo, ma ciò nonostante i due se ne accorsero.

«Cos'è stato?» gridò la signora Sporcelli. «Uno di quegli schifosi uccellacci mi ha scacazzato in testa!»

«Anche sulla mia!» esclamò il signor Sporcelli. «L'ho sentito! L'ho sentito!»

«Non ti toccare!» gridò lei. «Ti imbratti tutte le mani! Entriamo in casa e laviamoci con acqua e sapone».

«Luride sporche canaglie!» urlò lui. «Scommetto che l'hanno fatto apposta! Aspetta che abbia caricato il mio fucile!»

La signora Sporcelli prese la chiave da sotto lo stoino (dove Capopò l'aveva rimessa con cura) e i due rientrarono in casa.

Gli Sporcelli vengono capovolti

«*Cos'è questa roba*?» balbettò il signor Sporcelli mentre entravano in salotto.

«*Che diavolo è successo*?» strillò la signora Sporcelli.

Rimasero fermi in mezzo alla stanza guardando verso l'alto. Tutti i mobili, il grande tavolo, le sedie, il divano, le lampade, i tavolinetti, la credenza con le bottiglie di birra, i soprammobili, la stufa, il tappeto, tutto era appiccicato al soffitto. I quadri erano capovolti sulle pareti. E il pavimento sul quale stavano in piedi era completamente spoglio. Per giunta, era stato verniciato di bianco perché sembrasse il soffitto.

«*Guarda*!» urlò la signora Sporcelli. «*È quello il pavimento*! *Il pavimento è lassù*! *Questo è il soffitto*! *Siamo in piedi sul soffitto*!»

«Siamo A TESTA IN GIÙ!» balbettò il

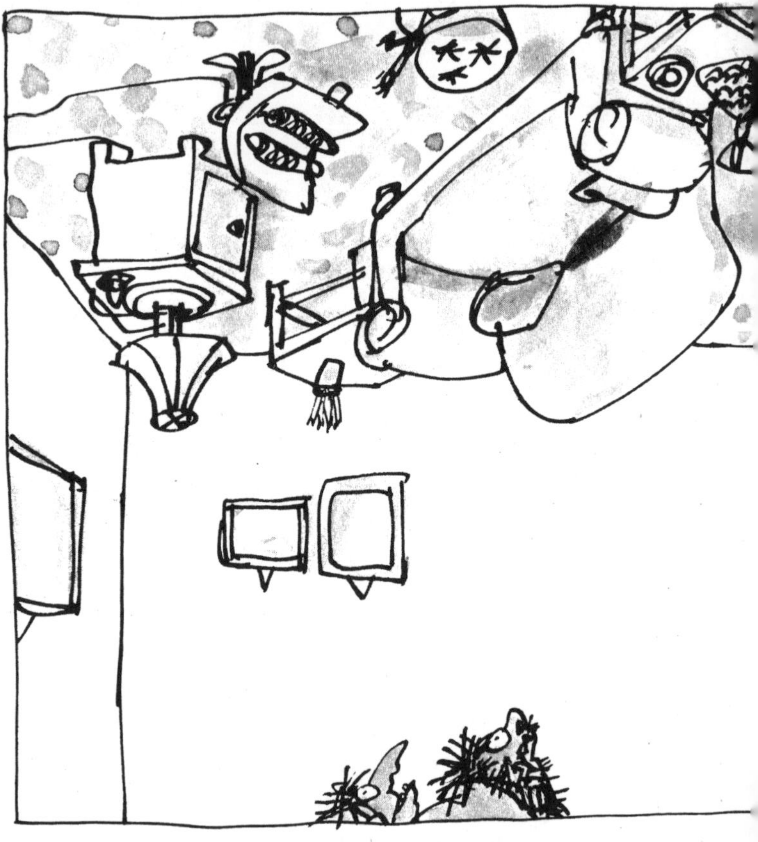

signor Sporcelli. «*Dobbiamo* per forza essere a testa in giù. Siamo in piedi sul soffitto e guardiamo in giù, verso il pavimento!»

«Aiuto!» urlò la signora Sporcelli.

«Aiuto aiuto aiuto! Comincio ad avere il capogiro!»

«Anch'io! Anch'io!» gridò lui. «E non mi piace neanche un po'!»

«Siamo a testa in giù e tutto il sangue mi

sta andando alla testa!» strillò la signora Sporcelli. «Se non facciamo qualcosa in fretta, morirò! Sento che morirò!»

«Ho trovato!» esclamò il signor Sporcelli. «So cosa dobbiamo fare! *Ci metteremo a testa in giù, e così almeno saremo girati dalla parte giusta*!»

Si misero dunque a testa in giù e, naturalmente, nell'istante in cui la cima della loro testa toccò il pavimento, la Colla Nontimolla che i corvi vi avevano spalma-

to pochi istanti prima cominciò a funzionare. Rimasero appiccicati. Erano attaccati, incollati, saldati, fissati alle assi del pavimento. Attraverso una fessura nella porta le scimmie stavano a guardare. Erano schizzate fuori dalla gabbia nell'istante in cui gli Sporcelli erano entrati in casa. E anche l'Uccello Rococò stava a guardare. E tutti gli altri uccelli entravano e uscivano al volo per godersi quello straordinario spettacolo.

Le scimmie scappano

Quella sera, Capopò e la sua famiglia andarono nel grande bosco in cima alla collina, e si costruirono una meravigliosa capanna sull'albero più alto. Tutti gli uccel-

li, in particolar modo i più grossi – le cornacchie, i corvi e le gazze – fecero i loro nidi attorno alla casa delle scimmie in modo che nessuno potesse vederla da terra.

«Però non ci potrete rimanere per sempre» disse l'Uccello Rococò.

«E perché no?» chiese Capopò. «È un posto delizioso».

«Aspetta che venga l'inverno» gli disse l'Uccello Rococò. «Alle scimmie non piace il freddo, che io sappia».

«Non ci piace per niente!» esclamò Capopò. «Fa davvero così freddo, d'inverno, da queste parti?»

«Tutto si trasforma in ghiaccio e neve» rispose l'Uccello Rococò. «A volte fa così freddo che un uccello si sveglia la mattina con le zampette congelate attaccate al ramo sul quale s'era appollaiato per la notte».

«E allora cosa faremo?» si disperò Capopò. «La mia famiglia finirà surgelata».

«Nient'affatto» disse l'Uccello Rococò. «Perché quando le prime foglie cominceranno a cadere dagli alberi in autunno, potrete volare tutti quanti a casa in Africa con me».

«Non essere ridicolo» disse Capopò. «Le scimmie non sanno volare».

«Potete sedervi sul mio dorso» disse l'Uccello Rococò. «Vi porterò uno alla volta. Viaggerete col Super Jet Rococò e non vi costerà neanche un centesimo!»

Gli Sporcelli si ammalano di restringite

Intanto, nella loro orribile casa, i signori Sporcelli sono ancora appiccicati a testa in giù al pavimento del soggiorno.

«È tutta colpa tua!» urlava il signor Sporcelli, scalciando con le gambe in aria. «Sei tu, brutta vecchia megera, che ti sei

messa a piangere e a urlare: 'Siamo a testa in giù! Siamo alla rovescia!'»

«E sei *tu* quello che ha detto di metterci a testa in giù, così che ci saremmo girati dalla parte giusta, vecchio porco pustoloso!» strillò la signora Sporcelli. «Non riusciremo mai a liberarci! Rimarremo incastrati qui per sempre!»

«Ci rimarrai tu, incastrata qui per sempre» disse il signor Sporcelli. «Ma io no! Io mi libererò!»

Il signor Sporcelli prese a torcersi e a contorcersi, a dimenarsi e a divincolarsi, a piegarsi e ad attorcigliarsi, a scodinzolare e a guizzare, ma la Colla Nontimolla lo cementava al pavimento con la stessa forza con cui un tempo teneva attaccati i poveri uccelli sul Grande Albero Morto.

E così, nonostante tutti i suoi sforzi disperati, continuò a rimanere a testa in giù.

Ma le teste non sono fatte per reggere un corpo.

Se te ne rimani in questa posizione per molto tempo, può capitarti qualcosa di tremendo, e fu a questo punto che il signor Sporcelli si prese il più grosso degli spaventi.

Gravata dal peso di tutto il corpo, la testa cominciò a schiacciarglisi e a rientrare nel corpo.

Ben presto scomparve del tutto, inghiottita, sprofondata tra le pieghe di grasso del collo.

«Sto RIMPICCIOLENDO!» gorgogliò il signor Sporcelli.

«Anch'io!» gridò la signora Sporcelli.

«Aiutami! Salvami! Chiama un medico!» urlò lui. «Mi sta venendo LA TERRIBILE RESTRINGITE!»

Ed era proprio vero. Anche alla signora Sporcelli stava venendo LA TERRIBILE RESTRINGITE! E questa volta non si trattava di uno scherzo: era proprio vero!

Le loro teste si restrinsero fino a RIENTRARE NEL COLLO...

Poi i colli RIENTRARONO nei corpi...

E i corpi RIENTRARONO nelle gambe...

E infine le gambe RIENTRARONO nei piedi...

E una settimana dopo, in un bel pomeriggio di sole, un uomo di nome Federico venne a leggere il contatore del gas.

Quando nessuno rispose al campanello, Federico sbirciò dentro, e là, sul pavimento del soggiorno, vide due fagotti di vecchi vestiti, due paia di scarpe e un bastone da passeggio.

Null'altro al mondo era rimasto dei signori Sporcelli.

E tutti, compreso Federico, gridarono... «URRÀ!»

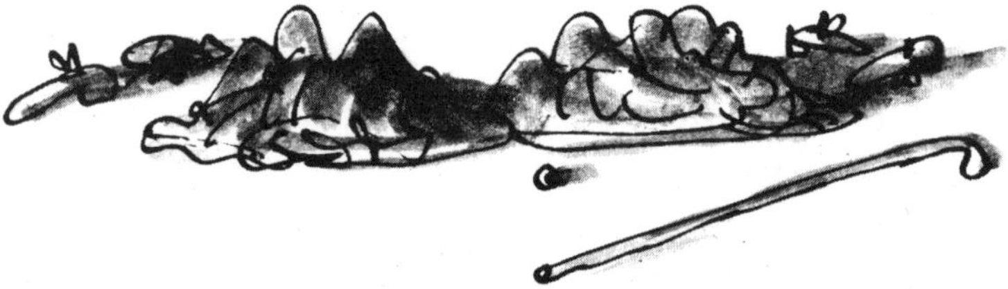

Indice

Gli altri libri di Roald Dahl pubblicati da Salani

Il GGG

Danny il campione del mondo

La fabbrica di cioccolato

Matilde

Il libro delle storie di fantasmi

Boy

In solitario. Diario di volo

Un gioco da ragazzi

James e la pesca gigante

Le streghe

Gli Sporcelli

Il grande ascensore di cristallo

Agura Trat

La magica medicina

Sporche bestie

Versi perversi

Io, la giraffa e il pellicano

Il dito magico

Il coccodrillo Enorme

Furbo, il signor Volpe

Minipin

Finito di stampare
nel mese di luglio 2005
per conto della Adriano Salani Editore S.p.A.
dalla S.A.T.E. s.r.l.
di Zingonia (Bergamo)
Printed in Italy

GL'ISTRICI
Periodico mensile: febbraio 2001
Direttore responsabile: Luigi Spagnol
Registrazione del Tribunale di Milano n. 599 del 5.10.1996